Dominique Demers

Mlle
Charlotte

La nouvelle maîtresse

illustré par Tony Ross

GALLIMARD JEUNESSE

# CHAPITRE 1

# Une maîtresse complètement folle !

D'habitude, les maîtresses marchent très vite. Elles sont toujours pressées. Leurs talons font klonk ! klonk ! klonk ! klonk ! klonk ! dans le corridor. Ce matin-là, c'était différent. Notre nouvelle maîtresse semblait prendre tout son temps. On entendait deux ou trois petits clop, clop. Puis, plus rien. Comme si la nouvelle maîtresse flânait dans le corridor au lieu de se dépêcher !

La classe était silencieuse. On aurait entendu un petit pois rouler sur le plancher.

Nous mourions tous d'envie de voir enfin la tête de notre nouvelle maîtresse. Depuis une semaine, nous ne parlions que d'elle. Personne ne savait à quoi ressemblerait ce mystérieux personnage venu d'une autre ville. Notre ancienne maîtresse était enceinte. Elle nous avait quittés pour aller dorloter son gros bedon rond.

Soudain, la porte s'est ouverte et une vieille dame très grande et très maigre est apparue. Elle portait un chapeau étrange. Comme un chapeau de sorcière mais avec une petite bosse ronde au lieu d'un long bout pointu sur le dessus. Sa robe, par contre, n'avait rien à voir avec les costumes de sorcières. C'était une sorte de robe de soirée à l'ancienne avec des rubans et de la dentelle, un peu fanée mais jolie quand même.

Et ce n'est pas tout. Notre nouvelle maîtresse n'avait pas de petits souliers à talons hauts comme les autres. Elle portait de grosses chaussures de cuir à semelles

épaisses. Des chaussures pour marcher en forêt, escalader des montagnes, aller au bout du monde… Pas pour aller à l'école, en tout cas.

Nous ouvrions tous des yeux grands comme des planètes et plusieurs avaient la bouche ouverte. Comme d'habitude, Alex a parlé le premier.

– C'est pas une maîtresse, ça, c'est un épouvantail !

Il y a eu quelques gloussements. Puis, plus rien. Tous les regards étaient vissés sur l'étrange vieille dame. Elle avançait tranquillement vers la fenêtre, celle qui donne sur le petit bois où Mathieu et Julie s'embrassent. La nouvelle maîtresse a regardé dehors. Puis elle a souri. Son sourire était joli.

D'habitude, les institutrices se présentent. Elles disent : « Bonjour, les enfants, je suis Mme Lagalipette. » Ou encore : « Salut, je m'appelle Nathalie. » Leur voix est douce ou criarde ; le ton, sévère ou enjoué. On devine déjà un peu à qui on a affaire. Mais notre nouvelle maîtresse ne disait rien.

Elle s'est dirigée vers son bureau et c'est là que j'ai remarqué qu'elle n'avait même pas de sac avec des livres et tout. Cette drôle de maîtresse était venue à l'école les mains vides ! Nous, lorsqu'on oublie notre cartable, il faut aller chez le directeur, M. Cracpote, et expliquer pourquoi. C'est un peu compliqué parce que, lorsqu'on oublie, on oublie. C'est tout. Ça ne s'explique pas vraiment.

Notre grande asperge de maîtresse s'est finalement assise. Tout le monde a retenu son souffle. Nous allions enfin savoir si c'était une maniaque des maths ou des dictées. Et si elle était du genre à faire des chichis pour rien.

Il y a des maîtresses qui perdent complètement la boule lorsque les mots courent dans tous les sens au lieu de se tenir bien droits sur les lignes dans nos cahiers. Il y en a d'autres qui paniquent au moindre bruit. Un pet de souris les réveillerait la nuit.

Moi, j'avais surtout hâte de savoir si la nouvelle maîtresse aimait – un peu, beaucoup ou passionnément – coller des retenues. Parce que, avec l'ancienne, disons que j'avais été gâtée.

Notre nouvelle maîtresse était bel et bien installée derrière son bureau, mais elle ne semblait pas pressée. Elle a défripé tranquillement le bas de sa robe puis, sans même nous regarder, elle a soulevé très délicatement le large bord de son immense chapeau et elle a déposé celui-ci sur la table.

Ses cheveux gris étaient ramassés en chignon. Elle était coiffée comme bien des vieilles dames mais, sur sa tête, il y avait un objet étrange. De la taille, disons, d'une clémentine, d'une balle de golf ou d'un gros boulard. Plusieurs élèves se sont levés pour mieux voir et Benoît est carrément monté sur son pupitre.

C'était un caillou !

La nouvelle maîtresse l'a cueilli doucement, comme s'il s'agissait d'un objet très
rare et très fragile. Puis, croyez-le ou non,
elle lui a adressé un sourire gigantesque en
le flattant gentiment du bout de l'index. On
aurait dit un parent faisant guili-guili à son
enfant !

C'est à ce moment qu'elle s'est enfin mise
à parler. Mais pas à nous. À son caillou !

– Salut, ma coquelicotte. Ah! Pauvre chouette cacahuète. Je t'ai réveillée, hein? Je suis désolée. Je me sentais un peu seule… Nous sommes arrivées dans la nouvelle classe. S'ils sont gentils? Je ne sais pas encore. Ils me regardent tous comme si j'avais oublié de mettre ma robe. Comme si je me promenais en pyjama ou en petite culotte. Il va falloir que je leur dise bonjour. Mais avant, j'avais envie de causer un peu avec toi. Ne t'inquiète pas… ça va déjà mieux.

La maîtresse a installé son caillou sur un coin du bureau et, pendant quelques secondes, j'ai eu l'impression que la chose était vivante, que le caillou allait se mettre à japper, à grogner ou à miauler. Au fond de la classe, Alex a lancé, avec sa délicatesse habituelle:

– Elle est folle!

J'ai consulté ma copine Léa. Elle s'est frappé la tête plusieurs fois du bout de l'index. Je comprenais très bien ce que ça voulait dire. Et j'étais plutôt d'accord. Notre nouvelle maîtresse était complètement marteau. Toquée. Maboule. Déjantée.

Le bruit montait dans la classe. Tout le monde se demandait ce qu'il faut faire en pareil cas. Avertir Mlle Lamerlotte dans la classe à côté ? Ou M. Cracpote ? Les policiers, les médecins, les pompiers ?

Soudain, notre nouvelle maîtresse s'est levée. Elle a fait tranquillement le tour de son bureau puis, une fois devant, elle s'est installée... dessus.

Même assise, la nouvelle maîtresse était grande.

Elle s'est raclé la gorge et elle nous a souri. Aussitôt, la classe s'est tue. Plus personne ne chuchotait. Nous étions comme hypnotisés.

– Bonjour...

Sa voix était flûtée et joyeuse, avec un petit quelque chose de timide.

– Voulez-vous... euh... faire des mathématiques ? nous a-t-elle demandé.

Personne n'a répondu. Nous étions tous un peu en état de choc. Alors, elle s'est adressée à Guillaume.

– Toi, aimerais-tu que nous commencions cette journée avec quelques divisions ou un peu de géométrie ?

Guillaume a horreur de tout ce qui ressemble à un chiffre. Il était plutôt impressionné par notre nouvelle maîtresse, mais il est parvenu quand même à répondre.

– Non… Non, madame… Euh… Non, mademoiselle. Euh... Pas du tout.

Le plus drôle, c'est que notre nouvelle maîtresse a semblé ravie de cette réponse.

– Aimerais-tu que nous préparions une dictée, alors ?

Cette fois, Alex n'a pas hésité. Il a répondu :

– Non. Ici, tout le monde déteste les dictées. Ça nous énerve…

De la part d'Alex, l'affirmation prenait l'allure d'une menace. Il ne se gêne pas pour faire le singe à l'école. La nouvelle maîtresse lui a adressé un sourire enchanté. Ses yeux pétillaient de joie.

– Vraiment ? Ah ! Tant mieux ! Moi aussi.

C'est exactement ce qu'a dit notre nouvelle maîtresse. Et elle paraissait parfaitement sincère. À ce moment, j'ai pensé que cette étrange vieille dame venait peut-être d'une autre planète. Qu'en temps normal elle était petite et verte avec trois yeux alignés sur le front. Son caillou lui servait d'émetteur-récepteur et la reliait à un vaisseau fantastique valsant dans l'espace à quelque mille milliards d'années-lumière de notre salle de classe

Le pire, c'est que dans le fond j'avais peut-être un peu raison.

## CHAPITRE 2

# Chère brosse à dents

Au bout d'une semaine, nous savions encore bien peu de choses sur notre nouvelle maîtresse. Elle se nommait Mlle Charlotte et venait d'un lointain village du nord du Québec. C'est du moins ce qu'elle disait. Alex jurait que c'était des blagues. À son avis, la nouvelle maîtresse était une espionne. Les mots doux à son caillou servaient de codes secrets. Sous son déguisement de vieille dame excentrique se cachait une femme redoutable qui avait tranché des gorges et résisté aux pires tortures.

Mlle Charlotte parlait souvent à son caillou et toujours à haute voix. Elle l'appelait tour à tour «ma grande louloute», ma petite Gertrude» ou encore «ma belle crotte d'amour». J'avais du mal à imaginer des espions déchiffrant ces messages. De toute façon, aussi étonnant que cela puisse paraître, au bout de quelques jours nous étions presque habitués à son caillou.

Ce que nous vivions dans la classe de Mlle Charlotte ressemblait bien peu à ce qu'on fait d'habitude dans une école. Et, en matière d'école, disons que je m'y connaissais. Mon père et moi avions déménagé des tas de fois. Des écoles, j'en avais fréquenté des tonnes !

Tous les matins, Mlle Charlotte s'informait de nos projets. La première fois, personne n'a répondu. Nous étions trop surpris. Mlle Charlotte a parcouru la classe de ses grands yeux étonnés et, l'air terriblement navré, elle a simplement murmuré :

– Bon… D'accord. Puisque vous le souhaitez… Ce matin, nous allons nous ennuyer.

Elle était là, devant nous, assise sur son bureau, et poussait des soupirs à fendre l'âme. Au bout de plusieurs très très longues minutes, Marie a levé la main et elle a demandé si nous pouvions parler. C'était une sacrée bonne idée. Depuis la première cloche du matin, je comptais les minutes jusqu'à la récré tellement j'avais hâte de dire à Léa que Tartiflette – ma chatte – avait eu ses bébés pendant la nuit.

Mlle Charlotte a accepté et nous avons bavardé jusqu'à la récré. Au retour, Simon a proposé une partie de foot. Il faisait un temps splendide et, même si je ne raffole pas des jeux de ballon, j'étais ravie que Mlle Charlotte dise oui. L'idée de courir dans la cour d'école à l'heure où, d'habitude, notre ancienne maîtresse nous faisait conjuguer des verbes rendait n'importe quel sport intéressant.

Nous avons formé deux équipes, mais il manquait un joueur de notre côté. Sans dire un mot, Mlle Charlotte a retroussé sa jupe, ramenant les pans de tissu autour de

sa taille puis renouant sa ceinture pour les maintenir en place.

Au début, Mlle Charlotte était maladroite comme tout. À croire qu'elle n'avait jamais vu un ballon de sa vie. Et encore moins une cage de foot ! Mais après la mi-temps elle a réussi une belle passe et Alex a marqué un but. Un coup de chance ? Pas du tout ! Tout de suite après, la nouvelle maîtresse a envoyé le ballon en plein dans le filet. Et trois buts plus tard, nous avions tous

compris que la grande Charlotte avait un formidable coup de pied.

À 5-4, la lutte était serrée ; les cris fusaient de tous côtés. J'étais en nage, les autres aussi. Le chignon de Mlle Charlotte était démoli, et sa robe, drôlement salie. Nous étions tous trop occupés pour remarquer M. Cracpote. Mélanie a failli s'étouffer en fonçant droit dans son gros ventre mou. J'ai entendu un cri. Tout le monde s'est arrêté.

M. Cracpote était furieux. Il cherchait des yeux notre nouvelle maîtresse. Lorsqu'il l'a aperçue, les cheveux en bataille et l'ourlet de sa robe pendouillant bizarrement, ses yeux se sont agrandis.

– Bonjour, monsieur Laporte ! Voulez-vous venir vous joindre à nous ? a demandé Mlle Charlotte, radieuse.

Avec beaucoup d'efforts, M. Cracpote a réussi à esquisser un sourire forcé. Visiblement, il ne savait plus comment réagir.

– Oh oui ! Venez, monsieur… Laporte ! a supplié Alex.

C'était la meilleure façon de sauver Mlle Charlotte. Faire comme si tout ça était parfaitement normal en invitant Cracpote à se joindre à nous.

Le plan a fonctionné. M. Cracpote a marmonné quelque chose, puis il est parti. Je pense qu'il aurait préféré laver toutes les toilettes de l'école avec une brosse à dents plutôt que de disputer un match avec nous.

Dès le deuxième jour, Mlle Charlotte nous a proposé un nouvel horaire. Les premières heures du matin seraient consacrées « aux obligations » : français, maths, anglais. Notre nouvelle maîtresse expliquait plutôt bien et Alex ne faisait plus le singe parce que nous avions tous hâte de passer « aux récréations ».

Mlle Charlotte avait calculé qu'en travaillant bien et en faisant un peu de devoirs tous les soirs, nous pourrions avaler la « matière essentielle » en deux heures, ce qui nous laissait exactement trois heures et cinquante-huit minutes de récréation. Au bout de quelques jours, nous avions tous une foule d'idées pour combler ces maxi-récréations.

Guillaume a présenté un spectacle de magie. Mlle Charlotte a eu peur lorsqu'il a proposé de la scier en deux pour la recoller ensuite, mais c'était juste une blague.

Judith, qui est un peu pimbêche et rêve de devenir animatrice à la télé, nous a fait

déguster, les yeux bandés, cinq sortes de biscuits aux pépites de chocolat, comme on fait dans les publicités.

Martin lui a volé la vedette avec des sauterelles. Tout le monde voulait en manger, mais il n'en avait que sept. Mélanie a trouvé que ça sentait le beurre d'arachide mou, et Éric, la pizza aux tomates. Léa a dit que leurs petites pattes chatouillent la gorge lorsqu'on les avale.

Manon a inventé un jeu super : les records. Chacun choisit un truc qu'il réussit plutôt bien et lance un défi à la classe. Hier, Éric a mangé onze cookies en cinquante-quatre secondes sans boire une goutte d'eau. La veille, Geneviève avait retenu son souffle pendant cent neuf secondes ; Simon s'était enroulé une jambe autour du cou – un vrai contorsionniste ! – et Aude avait fait éclater une bulle de chewing-gum de la taille d'un pamplemousse. Même que ses cils étaient restés collés.

Nous avions tous envie de connaître la spécialité de Mlle Charlotte. Sans doute possédait-elle des dons extraordinaires ou des pouvoirs mystérieux, mais personne n'osait lui demander. Jeudi, n'en pouvant plus, j'ai osé. Il y a eu un long silence dans la classe. Puis Mlle Charlotte s'est simplement mise à parler.

C'était encore plus merveilleux que tout ce que nous avions pu imaginer. Jamais je n'aurais cru que de simples mots pouvaient être si puissants.

Elle nous a d'abord raconté une histoire d'horreur. Pendant quelques minutes, la salle de classe a disparu. Nous étions transportés dans un cimetière obscur peuplé de morts vivants. C'était une nuit d'orage, glaciale. Les branches des arbres recouvertes de givre s'entrechoquaient comme les os d'un squelette. Une odeur écœurante flottait dans l'air. Des revenants nous épiaient, tapis dans l'ombre. Soudain, une créature hideuse a bondi, atterrissant à quelques mètres de nous. Quelqu'un a crié. Le loup-garou nous dévorait de ses yeux affamés. Ses crocs terribles étincelaient dans la nuit trop noire.

À peine cette première histoire terminée, alors même que des frissons d'horreur couraient encore dans notre dos, Mlle Charlotte nous a expédiés en Orient, dans un désert lumineux. Les flancs de mon chameau battaient sous mes pieds pendant qu'il fonçait vers l'infini, ses gros sabots martelaient le sable en faisant jaillir des gerbes de poussière vite balayées par les vents puissants. Longtemps après que Mlle Charlotte eut cessé de parler, j'ai continué à sentir les grains de sable entre mes doigts.

Tous les jours, à partir de cet après-midi-là, Mlle Charlotte nous a fait rire, crier, pleurer, voyager avec ses récits venus d'on ne sait où. Lorsqu'elle nous a menés en haute mer pour mieux entendre le chant des baleines, je me suis dit que j'aimerais bien, moi aussi, dessiner des vagues dans la tête des gens, juste avec des mots. Et le matin où des pirates ont attaqué notre galère, Alex m'a confié qu'il avait senti la lame froide d'un sabre contre sa joue.

Le vendredi matin de cette première semaine, Emma est arrivée en retard à l'école. Mlle Charlotte discutait avec son caillou pendant que nous terminions un exercice de calcul. Emma s'est assise à son pupitre sans saluer personne. Quelques minutes plus tard, elle a éclaté en sanglots.

Il existe bien des façons de pleurer. En entendant Emma, on devinait que sa peine était immense. Zoé, sa meilleure amie, a voulu la consoler et comprendre ce qui était arrivé. Mais Emma refusait de parler.

Nous pensions tous que Mlle Charlotte interviendrait. Notre ancienne maîtresse aurait gentiment entraîné Emma à l'écart pour l'obliger à tout raconter. Mais Mlle Charlotte a tranquillement rangé sa roche sous son chapeau avant de s'asseoir sur son bureau pour réclamer notre attention.

Cette fois, notre nouvelle maîtresse n'a pas inventé d'histoire. Elle nous a raconté un petit bout de la sienne. Il y a longtemps – mais puisque Mlle Charlotte est plutôt vieille, «longtemps» c'est aussi bien cinq ans que cinquante ans – il y a longtemps donc, Mlle Charlotte a vécu un gros drame. Quelque chose de vraiment terrible. De tellement terrible qu'elle n'avait plus envie de manger, de courir, de dormir. Je crois bien que Mlle Charlotte n'avait même plus envie de vivre.

Le pire, c'est qu'elle était seule. Sans parents, sans voisins, sans amis. Elle n'avait personne à qui parler, personne pour la consoler. Alors, un jour, elle a ramassé un caillou ; elle l'a baptisé Gertrude et elle lui a parlé.

Mlle Charlotte dit qu'on peut tout inventer. Que, dans notre tête, il y a des millions de pays, de personnages, de planètes. C'est à nous de les réveiller. Et il ne faut pas s'inquiéter de ce que les gens peuvent penser.

– Tout le monde a le droit de parler à son taille-crayon ou à ses baskets. Ça ne remplace pas les vrais amis, mais, parfois, c'est chouette de créer des personnages et de leur confier nos secrets.

Mlle Charlotte est drôlement convaincante. Lorsqu'elle parle, son regard s'illumine et pétille. Nous sommes tous un peu hypnotisés. Je ne sais pas si elle connaît ses pouvoirs, mais le lendemain, dans le corridor, Léo parlait à sa brosse à dents, et Mélanie à une fourchette.

À l'heure du déjeuner, M. Cracpote a attrapé Guillaume en grande conversation avec sa trousse.

– À qui parles-tu ? s'est enquis notre directeur.

– À mon grand-père, a répondu calmement Guillaume.

C'est à ce moment que j'ai compris que l'arrivée de Mlle Charlotte allait vraiment changer nos vies.

# CHAPITRE 3

## Espèce de crabe farci !

La classe de Mlle Charlotte est devenue suspecte. À tout moment, on pouvait voir les grosses narines de M. Cracpote écrasées contre la petite vitre de la porte de notre salle de cours.

Le directeur nous espionnait lorsque Charles-Antoine, l'intello de la classe, a fait un exposé d'une heure sur les fourmis. Personne ne savait que Charles-Antoine élevait des colonies de fourmis chez lui. Il avait apporté un aquarium rempli de sable et nous a expliqué comment les fourmis communiquent entre elles en se caressant du bout des antennes et comment elles creusent leurs galeries et leurs tunnels souterrains.

Elles construisent même des chambres avec des portes pour leurs bébés cocons. C'est fascinant !

D'habitude, Charles-Antoine n'est pas très bavard. À la récréation, il reste souvent seul dans son coin à lire. Alex dit que Charles-Antoine se croit trop intelligent pour daigner se mêler aux autres. Moi, je pense seulement que Charles-Antoine est différent. Et lorsqu'il parle des reines fourmis ailées brisant courageusement leurs belles ailes pour se faufiler dans un trou minuscule où elles pondent leurs œufs, Charles-Antoine est beau. On dirait qu'il brille par en dedans.

M. Cracpote a sûrement été rassuré le jour des fourmis. Charles-Antoine avait écrit des tas d'informations au tableau et il parlait beaucoup, comme un vrai professeur. Tous les élèves l'écoutaient sagement, immobiles et silencieux. Mais le jour des spaghettis, notre directeur est redevenu très inquiet.

Mlle Charlotte nous avait déjà posé une devinette. Combien de spaghettis faudrait-il mettre bout à bout pour faire le tour de la classe ? Elle ne voulait pas que nous trouvions les dimensions de la classe et que nous divisions par la taille d'un spaghetti. Non, non. Elle voulait simplement que nous devinions, que nous imaginions.

J'avais calculé rapidement. Je me disais qu'un spaghetti fait environ vingt centimètres. La taille d'un double décimètre : c'est facile ! Pour les murs, c'était plus compliqué. J'avais essayé de me représenter un mètre dans ma tête et de calculer combien je pourrais en placer le long d'un mur. Vingt-trois… environ. Multiplié par quatre murs, ça donnait quatre-vingt-douze. En divisant les murs par les spaghettis, une fois les mètres réduits en centimètres, j'avais finalement conclu qu'il faudrait trois cent sept spaghettis pour faire le tour de la classe.

Mlle Charlotte avait noté la réponse de chacun des élèves et, après, nous avions tous

oublié l'«exercice spaghettis». Quelques jours plus tard, notre maîtresse est arrivée à l'école en tirant une brouette jaune et rouge. Imaginez la tête des élèves et des profs dans la cour de l'école pendant qu'elle trottait vers la porte d'entrée. L'accoutrement de Mlle Charlotte impressionnait encore tout le monde – elle portait toujours la même vieille robe et son incroyable chapeau – et voilà que la nouvelle maîtresse ajoutait une brouette à ses fantaisies.

L'étonnant véhicule contenait deux gros sacs verts bien gonflés. Ce n'est qu'une fois dans la classe, la porte bien fermée, que nous avons découvert leur contenu. Ils étaient remplis de… spaghettis. Des milliers de spaghettis mous, encore tièdes, et cuits juste à point.

– Les pâtes cuites collent au mur ! a expliqué Mlle Charlotte, un sourire énigmatique aux lèvres.

Nous avons retroussé nos manches pour coller les spaghettis. Pendant ce temps, Mlle

Charlotte a écrit au tableau le nom de chaque élève suivi de sa réponse de l'autre jour à la devinette des spaghettis.

Notre maîtresse avait cuit beaucoup trop de pâtes. Ce que nous avons pu nous empiffrer ! Même sans sauce, c'était bon.

Après, il a fallu compter et recompter plusieurs fois les spaghettis collés aux murs parce que nous arrivions toujours à un chiffre différent. Au troisième recomptage, Guillaume a proclamé : trois cent soixante-dix-sept. Et Éric a aboyé : « YABADABA-DOU », comme Fred, car il avait deviné presque juste.

C'est là que j'ai remarqué les grosses narines de M. Cracpote collées sur la vitre de la porte de notre classe.

Le regard de Mlle Charlotte a croisé le mien avant de courir vers la porte pour revenir à moi. Un sourire mystérieux flottait encore sur ses lèvres. Notre nouvelle maîtresse semblait se moquer éperdument de ce que notre directeur pouvait penser. Pendant quelques secondes, j'ai cru que M. Cracpote allait vraiment se fâcher, pousser la porte et renvoyer Mlle Charlotte. Il était visiblement en colère, mais il n'a rien fait, et, au bout de quelques secondes, il s'est éclipsé.

Les choses ont commencé à vraiment mal tourner trois semaines, jour pour jour, après l'arrivée de notre nouvelle maîtresse. Le lundi midi où Mathieu a traité Vu Tran de porc au caramel…

Ce n'était pas la première fois que Mathieu utilisait ce genre de menu pour faire enrager Vu. Leurs disputes débutent toujours avec un seul plat, mais, au bout de quelques minutes, toute la carte défile : « Espèce de crabe farci ! Pousse de bambou ! Vieux rouleau de printemps moisi… »

Quant à Vu, il n'a peut-être jamais goûté au crabe farci, mais il est furieux quand même. Et, chaque fois, au lieu de traiter Mathieu de vieille tarte, de grosse saucisse ou de vieux fromage mou, il lui flanque un coup de poing. Ces deux-là sont en guerre parce que Mathieu est le fiancé officiel de Julie, qui trouve Vu plutôt à son goût et lui fait souvent les yeux doux.

Après les injures et le premier coup de poing, il y a toujours un certain suspense. Nous arrêtons de jouer pour voir lequel des deux va se faire le plus massacrer.

Ce jour-là, c'est Vu qui a eu le dessous. Quand la cloche a sonné, il saignait du nez et sa joue droite était zébrée. Mathieu l'avait pas mal égratigné. Vu se tamponnait le bout du nez avec du papier hygiénique et Mathieu

tapotait ce qui commençait à ressembler à un œil au beurre noir lorsque Mlle Charlotte est entrée dans la classe en bavardant avec son caillou.

– C'est vrai qu'il fait beau dehors, hein, ma belle Gertrude ? Ça sent le printemps à plein nez ! On fera une autre balade en soirée, tiens, si…

Notre nouvelle maîtresse s'est tue parce qu'elle venait d'apercevoir Vu. Ses yeux se sont agrandis et son visage a blanchi. Elle a porté une main à sa bouche pour étouffer un petit cri puis elle s'est jetée sur Vu comme s'il venait de tomber en bas d'un vingt-deuxième étage.

– Que se passe-t-il ? Comment te sens-tu ? Y a-t-il d'autres blessés ?

Franchement, j'avais envie de rire. C'était trop drôle. Notre nouvelle maîtresse était décidément bien étrange. Mathieu et Vu s'étaient battus, ce n'était pas la fin du monde, mais à entendre Mlle Charlotte on aurait plutôt cru que la troisième guerre mondiale venait d'éclater. Elle semblait prête à déclarer les mesures d'urgence, à alerter les médecins, les ambulanciers, les policiers, les pompiers…

– C'est ce bouffon qui m'a tapé dessus ! a lancé Vu en fusillant Mathieu de ses yeux noirs.

Mlle Charlotte s'est tournée vers l'accusé, dont l'œil droit était gonflé et cerné de mauve.

Nous avons tous entendu le petit bruit sourd lorsque Gertrude s'est écrasée sur le plancher. Mlle Charlotte était tellement stupéfaite, tellement triste et horrifiée, qu'elle avait laissé échapper son précieux caillou.

Charles-Antoine s'est précipité. Il a ramassé Gertrude et, un peu gêné, l'a remis à Mlle Charlotte. Notre nouvelle maîtresse a pris son caillou et l'a fourré dans une poche de sa vaste robe. Elle s'est assise sur son bureau et a posé longuement, sur chacun de nous, son regard étrangement grave.

Les minutes coulaient au ralenti, dans le silence. Mlle Charlotte semblait réfléchir intensément. Soudain, elle a demandé :

– De telles batailles se produisent-elles souvent ?

« Souvent »… Ça veut dire quoi « souvent » ? Tous les jours ? toutes les semaines ? toutes les récrés ? Au pif, j'aurais dit deux ou trois fois par semaine. Pas plus, je crois.

C'est exactement ce que Chloé a répondu. Mais, à voir l'air de Mlle Charlotte, nous avons tous compris que, pour elle, c'était effroyablement souvent.

Un silence de catastrophe engourdissait la classe. Mlle Charlotte semblait tellement scandalisée que Mathieu a lancé, en guise d'excuses :

– Disons que je me suis un peu énervé. D'habitude, on se fait pas si mal…

Le pauvre ne savait plus quoi dire. Sans doute aurait-il dû se taire. Les quelques mots qu'il a ajoutés ont déclenché la tempête.

– Ah ! Et puis, on n'est pas les seuls. Hier, Alex a collé Éric au mur. Même que la semaine dernière…

Mlle Charlotte l'a interrompu. Elle avait compris que nous nous battions tous de temps en temps. Et, visiblement, notre nouvelle maîtresse venait d'un pays bizarre ou d'une lointaine planète où les coups n'existent pas.

– Je ne veux rien entendre de tout cela ! a-t-elle affirmé d'un ton catégorique.

Puis Mlle Charlotte s'est levée, elle a défroissé lentement les plis de sa jupe et elle a réajusté son chapeau sur sa tête. Elle s'est dirigée vers la porte en marchant à pas mesurés, le dos bien droit. Avant de disparaître, elle s'est simplement tournée vers nous :

– Vous direz à M. Laporte que j'ai démissionné ; il recevra une lettre officielle par courrier.

Et elle nous a quittés.

CHAPITRE 4

# Lettre et nains de jardin

– Catastrophe !

Alex n'arrêtait pas de répéter ça. Les autres élèves ravalaient leur peine et leur peur en silence.

En quelques secondes, nous avions compris que Mlle Charlotte occupait une place énorme dans notre vie. Ce n'était pas seulement l'idée de recommencer à faire des exercices de mathématiques et de grammaire toute la journée avec une autre maîtresse qui nous bouleversait. Non. C'était l'idée de ne plus voir Mlle Charlotte, avec son sourire, son chapeau fou et son caillou. De ne plus voyager dans ses histoires, de ne plus inventer des projets étonnants… Le pire de tout, c'était l'idée atroce de perdre Mlle Charlotte.

– C'est un coup de colère ! Mon petit frère en fait souvent. Elle va revenir, a lancé Fred d'une voix mal assurée.

Mais nous savions tous qu'il ne le pensait pas vraiment. Mlle Charlotte nous avait quittés parce qu'elle ne supportait pas que nous nous tapions dessus et que nous nous traitions de tous les noms. Peut-être bien que là d'où elle venait, les gens ne faisaient jamais ça. Une chose est certaine, Mlle Charlotte était allergique à la violence.

Quelqu'un a cogné à la porte de notre salle de classe. Une tête s'est faufilée dans l'entrebâillement. Plusieurs élèves ont poussé un cri.

M. Cracpote !

– Mlle Charlotte n'est pas là ?

Le ton était plein de sous-entendus.

Nous avons vite compris que notre directeur ne devait absolument pas apprendre la vérité.

J'ai pris une grande respiration.

– Elle est aux toilettes, monsieur. Aux toilettes des DAMES.

Ma voix aussi était pleine de sous-entendus. M. Cracpote ne pouvait quand même pas aller vérifier LÀ.

J'en ai rajouté, pour faire plus vrai.

– Je peux aller la chercher si vous voulez…

Notre directeur n'a pas insisté. Fiou ! Il est reparti.

Il fallait faire vite. Trouver une idée, élaborer un plan pour que Mlle Charlotte revienne.

Nous avons d'abord décidé que le départ de Mlle Charlotte resterait secret. Personne ne devait être au courant. Les enfants n'ont pas le droit de se sauver de leur école. Alors, nous devinions bien que les maîtresses non plus.

Tout le monde avait des idées, mais c'étaient des plans trop longs, trop compliqués. Nous avons finalement décidé d'écrire une lettre à Mlle Charlotte. C'était une solution toute simple, un pauvre petit plan bien fragile, mais chacun y a mis son cœur.

Nous savions que Mlle Charlotte logeait dans une vieille maison qui avait été longtemps inhabitée, aux limites de la ville. Une fois le message rédigé, tous les élèves ont voulu le porter à Mlle Charlotte. Heureusement, Alex a fait valoir qu'une délégation de trente pour une opération prétendument secrète, ce n'était pas très brillant.

Nous avons voté. Il s'agissait seulement de désigner un représentant de la classe, mais pour nous c'était aussi important qu'élire le Premier ministre d'un pays. Charles-Antoine, mon roi des fourmis, a été choisi. J'étais contente pour lui.

Mais, la cerise sur le gâteau, c'est qu'il m'a invitée à l'accompagner.

– À deux, on aura l'air moins suspects, a-t-il dit.

J'ai essayé de ne pas trop montrer à quel point ça me faisait grand plaisir, mais quand j'ai dit « mmmoui », mes jambes ont ramolli. Je venais tout juste de découvrir que Charles-Antoine avait des yeux verts encore plus magnifiques que ceux de ma chatte Tartiflette.

Au début, en marchant, nous étions un peu gênés. Mais j'ai confié à Charles-Antoine que ses fourmis m'avaient impressionnée et il a promis de m'inviter chez lui pour les observer. Nous avons ensuite discuté entre nous jusqu'à ce que nous atteignions la rue de Mlle Charlotte.

La maison était moins délabrée que je ne l'avais imaginé. Il y avait de jolis rideaux fleuris aux fenêtres et… sept nains de jardin sur le perron.

J'ai ri.

Voilà qui ressemblait bien à Mlle Charlotte.

Charles-Antoine a frappé à la porte. Nous avons attendu longtemps. Puis, il a cogné encore. Trois fois. Dans ma tête, j'ai compté jusqu'à cinquante. Rien.

C'est là que j'ai eu envie de pleurer, comme ça, à côté de Charles-Antoine, devant la porte de Mlle Charlotte, avec les sept nains qui me dévisageaient.

Notre maîtresse nous avait vraiment quittés.

– Viens ! On va regarder par les fenêtres, a suggéré Charles-Antoine.

Entre deux rideaux, nous pouvions voir la table de cuisine. Et dessus, il y avait… un grand chapeau. Comme un chapeau de sorcière mais avec une petite bosse ronde au lieu d'un long bout pointu sur le dessus.

Mlle Charlotte habitait encore ici ! Elle n'était pas déjà repartie.

Il n'y avait pas de boîte aux lettres. Alors, nous avons glissé notre message entre les mains de Simplet. Il serait bien en vue et ne risquerait pas de partir au vent.

En revenant d'on ne sait trop où, Mlle Charlotte pourrait lire ce que nous avions écrit.

*Chère Mademoiselle Charlotte,*

*Toute la classe est triste. On s'ennuie de vos histoires, on s'ennuie de Gertrude, on s'ennuie de vos spaghettis. On s'ennuie de vous, Mademoiselle Charlotte.*

*Personne ne savait que vous étiez allergique aux disputes. On ne pouvait pas deviner...*

*Vous êtes différente, Mademoiselle Charlotte. Mais on vous aime comme ça. On vous aime pour ça. Alors, si vous revenez, on ne se battra plus. Promis. Ça ne sera pas facile mais tant pis.*

*Revenez, Mademoiselle Charlotte. On vous en supplie.*

Toute la classe avait signé. Il y avait des noms partout sur la feuille.

# CHAPITRE 5

## Un gorille bien mal élevé

Le lendemain matin, la classe était silencieuse. Nous attendions, le cœur battant. Mlle Charlotte reviendrait-elle ?

Lorsque nous avons entendu ses drôles de petits clop, clop dans le corridor, il y a eu un tonnerre d'applaudissements. Nous étions tellement contents !

Notre nouvelle maîtresse est entrée et elle s'est dirigée tranquillement vers la fenêtre pour rêvasser un peu, comme au premier matin. Puis elle s'est assise, elle a retiré doucement son chapeau et elle a chatouillé un peu sa Gertrude. La vie était redevenue normale. Nous étions heureux.

Ce matin-là, en moins de deux heures, nous avons fait trois pages de français et quatre exercices de maths. Tout le monde travaillait très fort. Après, Mlle Charlotte nous a raconté une histoire.

Deux enfants, Benjamin et Camille, sont kidnappés par des bandits à la sortie de l'école. Après plusieurs jours de route dans la benne d'un camion, ils réussissent à s'échapper et découvrent – est-ce possible ? – qu'ils sont en pleine jungle. L'air est lourd et la chaleur insupportable. Des plantes géantes envahissent l'espace, des lianes tombent du ciel et des oiseaux fabuleux lancent des cris perçants.

Soudain, les enfants sont alertés par un froissement de feuilles. Quelqu'un ou quelque chose avance à pas feutrés. Les pas se rapprochent. Horrifiés, Benjamin et Camille aperçoivent une masse sombre progressant lentement entre les broussailles. Grognements et feulements se confondent. Une panthère !

Les enfants se voient déjà réduits en bouillie dans le ventre du fauve, lorsqu'une immense bête poilue les soulève de terre.

Les plantes caoutchouteuses défilent à toute allure. Benjamin et Camille ont peut-être échappé aux griffes d'une panthère mais entre les pattes de quelle énorme créature sont-ils maintenant blottis ? Les battements de cœur de l'animal résonnent dans leurs oreilles. Quel vacarme ! De plus, cette grosse bête pue et ses longs poils rudes grattent les joues. Mais, étrangement, les enfants se sentent presque en sécurité.

Soudain, Benjamin crie :

– Un gorille !

Il vient de comprendre…

Mlle Charlotte s'est arrêtée là en promettant de poursuivre son récit le lendemain. Nous avions déjà hâte !

Le plus étonnant, ce n'était pas tant ce qui arrivait aux personnages que ce qui nous arrivait à nous. Son histoire, nous ne l'avions pas seulement entendue. Nous l'avions VÉCUE. Pour de vrai.

J'aurais pu décrire, jusque dans les moindres détails, la benne du camion où les deux héros étaient prisonniers. Il y avait une chaîne rouillée dans un coin et, à côté, une boîte de conserve éventrée, une boîte de raviolis avec un reste de sauce moisie au fond. J'avais remarqué qu'en courant le gorille avait écrasé un gros insecte à la carapace mauve. Je me souvenais même du bruit – scrouiiiche ! – et du liquide jaune infect qui avait giclé de l'insecte.

D'où venait la boîte de raviolis ? Et l'insecte aplati ? Mlle Charlotte n'avait jamais mentionné ces détails en racontant l'histoire. Et je n'étais pas la seule à avoir vu, senti ou entendu des choses étranges.

Louis jurait qu'un oiseau magnifique, avec des ailes aussi vastes qu'une voile de navire et un plumage cent fois plus flam-boyant que celui d'un vulgaire perroquet, s'était posé sur son épaule. Magali avait sur-pris deux serpents sifflant entre ses pieds. Et la pauvre Emma souffrait de nausées depuis que le gorille lui avait roté en plein nez.

À partir de ce jour-là, tous les matins, Mlle Charlotte a inventé de nouveaux épisodes à ses chroniques de la jungle. Le reste de la journée, chacun travaillait à ses projets.

Et M. Cracpote devenait de plus en plus nerveux et inquiet.

Il se rongeait les sangs, s'arrachait les che-veux et se grignotait les ongles. Notre direc-teur ne se contentait plus d'écraser son gros nez contre la vitre de notre porte pendant quelques secondes. Il entrait sans frapper, à tout moment.

Un après-midi, il a ouvert la porte alors que Fred, qui est super fort en mécanique, électronique, robotique et tout ce qui tique, achevait de démonter l'horloge de notre classe. La figure de M. Cracpote est devenue cramoisie. De sa voix douce, Mlle Charlotte a rassuré notre directeur : dans une heure ou deux l'horloge serait de nouveau accrochée au mur et ses aiguilles avanceraient comme avant.

Une autre fois, il est entré alors que Mathieu et Julie… s'embrassaient ! Mlle Charlotte s'est empressée d'expliquer que les deux tourtereaux jouaient une scène de la pièce *Roméo et Juliette* de M. Shakespeare,

ce qui était vrai. Mathieu et Julie avaient même appris leur texte par cœur. Mais M. Cracpote a affirmé, d'une voix indignée, qu'à neuf ans les enfants ne devaient pas s'embrasser.

– En aucun cas. Théâtre ou pas, a-t-il ajouté, furieux.

Quelques jours plus tard, c'était au tour de Mlle Lamerlotte, la maîtresse de la classe à côté, de claquer la porte d'un air révolté. Elle était venue emprunter une craie, mais le spectacle qui s'offrait à ses yeux lui avait vite fait oublier le but de sa visite. Clémence nettoyait le bureau de Mlle Charlotte, sur lequel flottait une mer de mousse verte fumante d'une odeur infecte rappelant vaguement les œufs pourris. Pauvre Clémence ! Son expérience scientifique avait échoué.

De jour en jour, la tension montait dans l'école. Les élèves des autres classes nous questionnaient sans cesse sur Mlle Charlotte et plusieurs parents avaient téléphoné

à notre directeur pour obtenir des rensei-
gnements sur celle qu'ils appelaient «l'ex-
traterrestre».

Peut-être aurions-nous dû arrêter de faire
de nouveaux projets pendant un certain
temps. Mais c'était tellement excitant... Et
puis, on aurait dit que Mlle Charlotte nous
transmettait son énergie. Nous avions tous
un peu plus confiance en nous. Voilà ce
qui arrive lorsqu'on a une institutrice qui
trotte dans les corridors en gazouillant, un
immense chapeau sur la tête et un caillou au
creux de la main, sans jamais se soucier de
ce que les gens autour d'elle peuvent dire
ou penser.

Mlle Charlotte enseignait dans notre
école depuis plus d'un mois lorsque, un
jeudi après-midi, la mère de Mathilde
Buisson est venue cueillir sa fille à qua-
torze heures pile pour une visite chez le
dentiste.

Le hic, c'est que Mme Buisson a poussé la
porte au moment même où le rat apprivoisé

de Thomas réussissait un quatrième tour de trapèze.

Thomas entraînait son rat depuis des semaines. Il avait lu plusieurs livres sur l'art de dompter les animaux et il avait fabriqué un trapèze, comme dans les cirques, mais en plus petit, avec des cintres.

Mme Buisson semble confondre les rats et les dinosaures. Elle a hurlé tellement fort en apercevant Jojo (c'est le nom du rat de Thomas) que M. Cracpote et un tas de professeurs ont accouru immédiatement. Cette fois, M. Cracpote n'a pas voulu entendre les explications de Mlle Charlotte, et Thomas a été renvoyé chez lui avec son Jojo.

Le lendemain, Benoît présentait un exposé sur la vie au Moyen Âge. Il avait fait une sacrée bonne recherche. Malheureusement, M. Cracpote a encore choisi le pire moment pour nous espionner. Benoît expliquait comment les gens à cette époque mangeaient avec leurs mains. Pour rendre sa présentation plus vivante, il avait apporté du pâté chinois et entrepris de s'empiffrer devant nous, sans cuillère ni fourchette. Ses mains, ses bras, ses joues, son nez et même ses sourcils étaient couverts de purée de pommes de terre avec, çà et là, des grains de maïs et de petites boulettes de viande.

Cette fois, M. Cracpote n'a rien dit. Il a simplement refermé la porte derrière lui. Mais l'attitude de notre directeur n'annonçait rien de bon et j'ai senti un frisson courir dans mon dos.

Pendant quelques jours, nous n'avons plus été dérangés. Le lundi de la semaine suivante, j'ai oublié le réveille-matin de mon père dans mon pupitre. Alex l'avait utilisé pour un projet. La sonnerie de cet engin-là réveillerait un diplodocus endormi. J'ai donc pensé qu'il valait mieux le récupérer tout de suite.

Il n'était que seize heures quarante-cinq ; les voitures des professeurs étaient encore garées devant l'école. Pourtant, les couloirs semblaient étonnamment déserts et silencieux. J'ai surpris des voix en passant devant la classe de Mlle Lamerlotte. Et par la petite vitre de la porte, j'ai découvert tous les enseignants réunis autour de M. Cracpote. Tous les enseignants, sauf une : Mlle Charlotte.

J'ai collé une oreille à la porte pour épier la discussion. Au bout de quelques minutes, j'ai failli crier. Mes jambes se sont mises à trembler.

J'avais une envie folle de déguerpir, mais j'ai réussi à me contrôler. Il le fallait. J'ai marché lentement sans faire craquer les lattes du plancher. Mais, une fois la porte de l'école refermée, j'ai couru comme si tous les fauves de la jungle étaient à mes trousses.

Je filais tout droit jusqu'à la maison de Charles-Antoine.

# CHAPITRE 6

## Une fausse maîtresse

J'ai tout raconté à Charles-Antoine.

M. Cracpote avait découvert que Mlle Charlotte n'était pas une vraie maîtresse. Elle n'avait pas de diplôme ! Elle soutenait avoir enseigné dans plusieurs écoles, mais ces écoles n'existaient même pas. Le directeur allait convoquer une assemblée générale de tous les parents le lendemain soir. Il voulait renvoyer Mlle Charlotte.

En parlant, j'avais tortillé le couvre-lit de Charles-Antoine. J'ai eu un peu honte en découvrant le tissu froissé autour de moi.

Mais Charles-Antoine a souri et il a pris ma main. Ça m'a fait du bien.

– Il faut avertir tous les élèves! a-t-il décidé.

Charles-Antoine semblait sûr de lui et bien déterminé. Il a ajouté d'une voix ferme:

– Nous allons sauver Mlle Charlotte!

Alors j'ai eu une idée. Je ne sais pas comment elle est venue et je n'étais pas sûre que mon plan soit efficace, mais tant pis. Nous devions essayer.

Encore une fois, Charles-Antoine m'a écoutée sans dire un mot. Puis il a applaudi avant de lancer:

– Au boulot!

Nous avions du pain sur la planche.

# CHAPITRE 7

# Coup de théâtre

Le lendemain, tous les élèves de l'école ont reçu un message pour leurs parents : réunion spéciale à dix-neuf heures, dans l'auditorium. Le scénario se déroulait exactement comme nous l'espérions.

Les élèves de la classe de Mlle Charlotte avaient déjà reçu un autre message dès leur arrivée. Un message secret, rédigé par Charles-Antoine et moi, qui s'adressait à eux, uniquement, pas à leurs parents.

Notre plan fonctionnait parfaitement.

Pendant le déjeuner, notre classe s'est réunie dans le petit bois où Mathieu et Julie se retrouvent pour s'embrasser. J'ai exposé mon idée et, ensemble, nous avons dressé la liste de tout ce qui restait à préparer.

Nous nous sommes donné rendez-vous à dix-huit heures. Il ne fallait absolument pas que les parents nous voient !

Vers dix-huit heures quarante, M. Cracpote a pénétré dans l'auditorium avec quelques profs. Peu après, les premiers parents ont fait leur entrée. À dix-neuf heures, l'auditorium était plein.

M. Cracpote a raconté ce qu'il avait déjà dit la veille, dans la classe de Mlle Lamerlotte. Plusieurs parents ont exprimé hautement leur indignation.

– Mais c'est inacceptable !

– Cette femme est peut-être dangereuse !

– Il faut agir vite…

– Et pas seulement la mettre à la porte… la poursuivre en justice !

Alors Charles-Antoine a donné le signal. Les lourds rideaux rouges se sont écartés et les adultes réunis ont découvert la classe de Mlle Charlotte installée sur la scène de l'auditorium, devant eux.

Les élèves attendaient, en silence, l'arrivée de leur nouvelle maîtresse.

C'était ça, mon plan. Au lieu d'expliquer aux parents que Mlle Charlotte n'était pas dangereuse, que nous l'aimions beaucoup et qu'avec elle nous apprenions des millions de choses, j'avais pensé que nous pourrions le leur montrer. Comme au théâtre.

Et c'est moi qui jouais le rôle de Mlle Charlotte ! J'avais passé une partie de la nuit à transformer le chapeau de sorcière de mon vieux costume d'Halloween en chapeau de Mlle Charlotte. Charles-Antoine m'avait prêté une robe de sa grand-mère et des chaussures de randonnée.

C'était à mon tour maintenant. Je devais entrer en scène et imiter Mlle Charlotte. Mais là, dans les coulisses, j'ai paniqué.

J'avais un trac terrible ! J'ai même failli me sauver.

L'avenir de Mlle Charlotte dépendait de moi. Je disposais de quelques minutes seulement pour séduire tous les parents. Et, surtout, pour les convaincre de ne pas renvoyer notre nouvelle maîtresse.

L'auditoire attendait, mais j'étais figée, incapable d'avancer. Mes pieds semblaient s'enfoncer dans le sol. Alors, pour me donner du courage, j'ai soulevé mon grand chapeau et j'ai cueilli le petit caillou sur ma tête.

Ce n'était pas Gertrude. C'était juste un petit caillou de rien du tout. Mais j'avais tellement peur et ça semblait mieux que rien.

Alors, je lui ai parlé.

– Salut… ma coquelicotte ! Bien oui… J'ai peur. C'est bête, hein ? Mais c'est comme ça… J'ai peur qu'ils se moquent de moi… qu'ils ne comprennent pas… J'ai peur qu'ils me mettent à la porte…

Ce qui m'arrivait était étrange. Je me sentais DEVENIR Mlle Charlotte. J'étais grande et forte.

J'ai replacé Gertrude sous mon chapeau et j'ai marché tranquillement jusqu'au centre de la scène. Là, j'ai flâné un peu en souriant gentiment. Puis, je me suis assise derrière le bureau de Mlle Charlotte, j'ai soulevé délicatement mon grand chapeau – comme un chapeau de sorcière mais avec un bout

rond au lieu d'un bout pointu sur le dessus – et j'ai cueilli mon précieux caillou. Je l'ai caressé un peu. Et j'ai parlé, parlé, parlé…

J'ai confié à mon caillou tout ce qui me pesait sur le cœur. Je parlais fort afin que les trois cents personnes réunies m'entendent bien.

Il fallait qu'elles comprennent. Il fallait qu'elles découvrent quelle sorte de maîtresse j'étais.

Après, j'ai déposé doucement Gertrude sur mon bureau. Le deuxième acte allait débuter. Pour prouver à tout le monde que Mlle Charlotte savait enseigner, j'ai imposé un contrôle : français et mathématiques.

Mes élèves furent formidables. La mère de Thomas a crié « BRAVO ! » lorsque son fils a épelé « saperlipopette » sans oublier un « t ». Et Aurore, qui savait à peine additionner avant l'arrivée de Mlle Charlotte, a réussi coup sur coup quatre multiplications compliquées.

Trois élèves ont présenté des projets. Mais, cette fois, M. Cracpote, les profs et les parents ne sont pas arrivés comme un cheveu sur la soupe au milieu de l'exposé. Ils ont eu droit à toutes les explications. Lorsque Benoît a refait son truc du pâté chinois, plusieurs parents ont ri de bon cœur.

Pour finir, j'ai décidé d'improviser. Ce troisième acte n'était pas prévu mais tant pis. Alors, comme ça, devant tout le monde, sans réfléchir, sans m'inquiéter de ce qu'ils diraient, de la façon dont ils réagiraient, j'ai inventé une histoire. Je ne sais même pas d'où elle est venue. Ni où elle est partie… Une fois mon récit fini, je ne m'en souvenais déjà presque plus.

J'avançais à quatre pattes dans le couloir étroit d'une caverne… En balayant les murs, ma lampe de poche réveillait des millions de pierres minuscules extraordinairement brillantes. Je n'avais ni peur ni froid.

C'est tout ce que je me rappelais…

Ah ! Et puis non… Il y avait… oui… oui… Des gens. Des hommes, des femmes, des enfants aussi sans doute. De la taille d'une souris, d'un bébé souris même. Non… plus petits encore. Des elfes ? Des lutins ?

Ils escaladaient un mur. D'infimes cordelettes les reliaient.

J'étais fascinée.

Tout à coup, la terre a tremblé comme si un géant endormi émergeait lentement d'un profond sommeil. Étions-nous bel et bien dans une grotte, quelque part dans une tout autre dimension ou, tout bêtement, dans le ventre d'un ogre ?

C'est alors que les murs se sont lézardés et...

Mais tout ça n'est pas important. Ce qui compte, c'est qu'au moment où Charles-Antoine a refermé les rideaux, un lourd silence a envahi la salle. Il n'y a pas eu un seul bruit pendant dix secondes environ. Mon cœur battait comme un fou.

Soudain, les applaudissements ont crépité. Ouf ! Nous avions gagné ! J'en étais presque sûre.

M. Cracpote a pris la parole. Et, franchement, il m'a un peu impressionnée. Notre directeur a proposé que personne ne prenne de décision hâtive. Il allait rencontrer Mlle Charlotte, éclaircir l'histoire des diplômes et, sans lui interdire d'enseigner «différemment», il lui recommanderait de ne pas «dépasser certaines limites». Ça me semblait un bon compromis.

– J'ai bon espoir que nous trouvions un terrain d'entente, a-t-il finalement déclaré de sa grosse voix sérieuse.

Cette fois, c'est derrière les rideaux qu'on a applaudi. À tout rompre !

Mais l'histoire de Mlle Charlotte n'était pas finie.

# CHAPITRE 8

## Gros bisous
## et petits souvenirs

J'aurais dû être contente. Tous mes amis
m'ont félicitée pendant que nous redéména-
gions les pupitres dans la classe à côté.

Charles-Antoine m'a raccompagnée
jusqu'à la maison et nous avons discuté des
nouveaux projets que nous pourrions faire,
mais, de mon côté, le cœur n'y était pas.

Plus tard, dans mon lit, je n'arrivais pas à
dormir. Quelque chose… un souvenir, une
image… m'obsédait.

Soudain, j'ai crié :

– Aaahhh !

Pendant un bref instant, je l'avais revue.

C'était arrivé pendant que je racontais mon histoire, pendant que j'incarnais Mlle Charlotte sur la scène de l'auditorium. Je décrivais la caverne aux murs scintillants lorsqu'elle était apparue.

À la fenêtre : celle du milieu, sur le côté, tout en haut du mur, dans l'auditorium.

J'avais vu Mlle Charlotte. Elle m'observait. Elle souriait.

Puis elle avait disparu.

J'ai enfilé des vêtements par-dessus ma chemise de nuit et j'ai couru vers la porte. Dehors, l'air était doux.

J'ai failli me perdre. Je n'allais pas souvent dans ce quartier. Surtout la nuit ! Mais, bientôt, j'ai reconnu la rue de Mlle Charlotte…

Charles-Antoine était là, dehors, devant la maison, à côté des nains de jardin. Il avait deviné.

Notre nouvelle maîtresse était partie.

Elle s'était enfuie pendant notre réunion dans l'auditorium.

Je me suis assise à côté de Charles-Antoine. Et j'ai appuyé doucement ma tête sur son épaule. Il y a des moments où c'est très important d'avoir des amis.

Charles-Antoine tenait une feuille de papier dans ses mains. J'ai lu lentement ce que Mlle Charlotte avait écrit.

Chers amis,

J'ai passé des semaines formidables avec vous. Merci...

J'aurais bien aimé rester encore un peu, mais une autre école très loin d'ici réclame mes services. Une institutrice de CM2 a attrapé la coqueluche...

Je sais que vous pouvez vous débrouiller seuls maintenant. Chacun de vous a des projets plein la tête et des millions d'histoires vous chatouillent la cervelle. Parlez-en à votre futur professeur. N'ayez pas peur. Je suis sûre qu'il (ou elle) comprendra.

Je penserai souvent à chacun de vous et j'espère que chaque fois que vous bavarderez avec votre brosse à dents ou vos lacets de chaussures, vous penserez un peu à moi.

Un million de bises,

Mlle Charlotte

*P. - S. : Cet après-midi, j'ai vu une jeune fille qui me ressemblait beaucoup sur la scène de l'auditorium. Je lui confie Gertrude. Ma pauvre coquelicotte est fatiguée de voyager... Un jour, peut-être, je reviendrai la chercher.*

Charles-Antoine a soulevé l'un des nains. Gertrude était là.

Elle semblait très petite et toute seule. Je l'ai prise dans ma main et je l'ai un peu caressée.

# Épilogue

Gertrude vit avec moi depuis deux mois. Je lui parle souvent, tous les jours. Et, chaque fois, je pense à Mlle Charlotte.

Parfois, dans la rue, je crois reconnaître ma maîtresse. J'aperçois une dame maigre, grande et vieille. Je l'imagine alors avec un chapeau, comme un chapeau de sorcière mais avec un bout rond au lieu d'un long bout pointu sur le dessus.

Chaque fois je suis déçue. Ce n'est jamais Mlle Charlotte.

Dans notre classe, un nouvel instituteur a remplacé Mlle Charlotte. Il s'appelle Henri et il est gentil. Il a même accepté que nous travaillions très fort le matin pour faire des trucs un peu plus fous l'après-midi. Mais nous nous ennuyons quand même de Mlle Charlotte.

Énormément.

L'école finira bientôt. J'ai hâte d'être en vacances. En septembre, Henri ne reviendra pas. Et notre ancienne maîtresse non plus. Elle a décidé de passer toute l'année avec son bébé.

Je me demande à quoi ressemblera notre nouvelle institutrice. Ce serait tellement extraordinaire si Mlle Charlotte revenait !

Parfois, le soir, lorsque je parle à Gertrude, j'ai l'impression que Mlle Charlotte m'entend. Je me dis alors que mon intuition du début était peut-être bonne : et si Mlle Charlotte venait réellement d'une autre planète ? Elle vogue peut-être dans l'espace en ce moment, à quelque mille milliards d'années-lumière de nous. Mais elle voit tout, elle entend tout, grâce à son caillou.

Je comprends que ça semble un peu fou. Mais peut-on vraiment savoir ?

FIN

1.  Une maîtresse complètement folle ! *7*

2.  Chère brosse à dents, *19*

3.  Espèce de crabe farci ! *33*

4.  Lettre et nains de jardin, *45*

5.  Un gorille bien mal élevé, *53*

6.  Une fausse maîtresse, *66*

7.  Coup de théâtre, *68*

8.  Gros bisous et petits souvenirs, *78*

    Épilogue, *83*

# L'auteur

**Dominique Demers** est née à Hawkesbury, en Ontario, en 1956. La littérature de jeunesse est sa grande passion, elle lui a d'ailleurs consacré une thèse de doctorat. Reporter, critique littéraire, écrivain et enseignante, elle est bien connue pour ses romans jeunesse, qui lui ont valu de nombreux prix prestigieux. Si Mlle Charlotte parle à un caillou, c'est peut-être parce que Dominique aimait faire rire ses copains à l'école en bavardant avec… sa fourchette !

# L'illustrateur

**Tony Ross** est né à Londres en 1938. Après des études de dessin, il travaille dans la publicité puis devient professeur à l'École des beaux-arts de Manchester. En 1973, il publie ses premiers livres pour enfants. Créateur de l'inoubliable *Petite Princesse* dont les aventures ont été adaptées à la télévision, Tony Ross a réalisé plus d'une centaine d'albums et illustré de nombreux romans dont les aventures des plus célèbres héros de la collection Folio Cadet.

## La mystérieuse bibliothécaire

Mlle Charlotte, la nouvelle bibliothécaire de Saint-Anatole, promène ses livres dans une brouette. Dans le vieux grenier transformé en bibliothèque, on s'amuse comme des fous. Mais un jour, Mlle Charlotte s'endort, aspirée par l'histoire qu'elle est en train de lire... Comment la délivrer de cet étrange sortilège ?

———

## Une bien curieuse factrice

Mlle Charlotte, la nouvelle factrice, chante en distribuant le courrier. Comme elle est très curieuse, elle ouvre chaque jour une enveloppe ! Et quand les lettres annoncent de mauvaises nouvelles, Mlle Charlotte les réécrit pour rendre les gens heureux. Bientôt, le village se retrouve sens dessus dessous...

———

## Une drôle de ministre

Catastrophe ! Au moment de prendre le train, Mlle Charlotte échange son sac en poil d'éléphant avec celui du Premier ministre. Aidée de Gustave-Aurèle, le fils du ministre, elle se lance sur ses traces... Mlle Charlotte découvre alors qu'il s'apprête à dévoiler une politique éducative très très ennuyeuse !

———

## Une fabuleuse femme de ménage

Alexia et ses copains sont furieux : on a démoli leur
paradis, le skatepark, pour construire un mégacentre
culturel ultrachic. Le jour de son inauguration, les trois
skateurs renversent le buffet, disparaissent sans crier
gare, et finissent par trouver refuge dans le sous-sol
du bâtiment. Leur route croise alors celle de
Mlle Charlotte, la nouvelle femme de ménage…
———

## La meilleure entraîneuse de foot

Mlle Charlotte, la nouvelle entraîneuse de foot,
a de drôles de méthodes pour nous préparer au grand
match. Elle veut nous apprendre à perdre ! Et aussi
à s'amuser. Moi qui suis nul sur le terrain, j'ai réussi
à marquer un but. Incroyable. Mais catastrophe, notre
meilleur joueur passe dans le camp adverse. La partie
est-elle perdue d'avance ?
———

## Une gouvernante épatante

Mlle Charlotte, notre nouvelle gouvernante, fait
souffler dans la maison un délicieux courant d'air.
Adieu les leçons ennuyeuses et à nous les fous rires
et la liberté ! Je la soupçonne d'être un peu magicienne
ou fée. Fesses Pincées, notre majordome jaloux, est
pourtant bien décidé à la faire renvoyer. Mais nous,
les enfants, n'allons pas nous laisser faire !
———

Maquette : Karine Benoit

ISBN : 978-2-07-509713-0
N° d'édition : 554785
Loi n° 49-956 du 16 juillet 1949
sur les publications destinées à la jeunesse
Premier dépôt légal : mars 2018
Dépôt légal : octobre 2022
Imprimé en Espagne par Novoprint (Barcelone)

 PEFC PEFC/14-38-00277